句集

抱花

Houka

小浜正夢
Kohama Shoumu

文學の森

序

句集『抱花』の著者小浜正夢氏には企業や国際情勢を説いた多くの著書がある。日本の高度成長期という時代を、日本を代表する大企業日立の第一線で、世界を駆け巡り仕事に命を張って生きてきた人なのだ。仕事で関わった国は何と五十を優に超えると言うから驚く。あの複雑なアラブの現状を理解したければ、小浜氏の解説を俟つに限る。現地での会社を背負っての貴重な取引の経験から、日本の国の世界に置ける位置の微妙さなど、興味尽きない話を聞くことが出来る。

国際社会での活躍に区切りをつけた小浜氏と俳句の出会いは「世界を見ながら、あまりにも日本の美しい風習や文化の高さを知らなかったのではないか」

という反省から始まったようだ。

青山のＮＨＫ文化センターの俳句教室五〇二号室に、立派な風貌の紳士がまるで一年坊主のようにかしこまって椅子に背を正していた。これが私と小浜正夢氏との出会いの最初である。

そして、その時から俳句の眼前直覚を実践するための句を作る者とその選をする者の格闘が始まったのだ。

句座があれば何処へでも赴く。吟行があればボルサリーノの帽子を日よけに海へでも、山へでも。ゴルフをすれば九十を切ったと句にし、カラオケをすればシャンソンを歌ったことを詠む。旅をすれば鷹を詠み、散歩をすればラガーを詠む、というように何から何まで句にして句座に掛ける。そして数多を落選し、たまに特選をとったりと、その苦楽の過程は賞賛に値する。

数 珠 玉 や 駅 を 降 り れ ば 円 覚 寺

北鎌倉に於いて得た開眼の一句と言えようか。草むらが線路まで迫るちっぽけな北鎌倉駅を降りて、すぐ道の向こうに五山の円覚寺の山門があることへの素直な愕き。巧まずしてあるがままの句を詠み得たことによって眼前直覚を体感したのである。
このあたりから俳句のもつ或る力みたいなものを自分に引きつけることを体得したのではなかったろうか。

冷まじや燃料プールの水の蒼
沢水を容れてケルネル春田かな

退いたとは言え日立製作所との関わりは大で、原子力発電所の視察の際の燃料プールである。湛えられた水の蒼を美しいと感じてしまうその心を「冷まじ」と言い取る覚悟こそが凄まじい。駒場東大のケルネル春田もまた、季語との接点の高さに見るべきものがあると言える。

発展の基礎は人垣獺祭忌

子規忌のこんな句に出会ったことがあるだろうか？　世の発展のために国を動かす、社会を動かすような働きをしてきたという気負いなどはどこにもなく、ただただ沢山の人と関わってどんなに仕事の数々が面白かったかとその顚末を並べ立てたいと言う思いが獺の祭りを名乗る子規忌に具現されたのだ。
俳句という文芸は人をしてあらゆる種類の詩情を発生させるということの証がここにある。

職退いて翁追ひゆく枯野道
魂は不死なるものぞらつきよ剝く
霜柱波郷の墓に名刺出し
交際の秘訣は至誠漱石忌

先人達の精神の在り方を探るのも真摯なまでに無垢な純情をもちつづけている故であろう。広い世界観をもちながら、学ぶ心は少年の如くに素直な上、誰にでも教えを請うことを厭わない。風流の世を現役として生きるための知恵なのかも知れない。

さらさらと花びら送る小川かな

紫陽花の青増して聞くモーツァルト
ガラシャてふその名こそ惜し桔梗濃し

文学や美術への憧れがこんな句を作らせる。

石楠花の天衣無縫の開きやう
色鳥や時は金ではなからうに
喜寿なるもなほ用ありの厄払
短日のワンラウンドが百を切り

衰えることのない、ものを摑む力は持って生まれた質なのであろう。天衣無縫の怖いもの知らずの猛進精神が「生きることを詠う」俳句のいま・ここ・われを実践する。

そしてまた座の文芸である俳句はそれに能く応え得る詩型を有しているということにもなる。

葡萄熟れて河内音頭の遠音かな

冷奴年古るほどに母恋し

思ったことをそのまま口に出す素直さは河内生まれの次男坊ということにも由来しているのかも知れない。故郷に錦を飾るのは大抵故郷を守る必要のない次男坊なのだから。

緑蔭にダニーボーイの弾き語り
レノンの席に飲む珈琲と林檎パイ
薔薇園に像の抱き合ひ冬暖か
父の日はシンドバッドを物語り
「ぢぢ見てよ見てよ」と少女の合格証

旅を詠う目は少年の如く初々しい。家系に於いては子を孫を詠む言葉に慈しみが溢れ、一族の長たることへの自負が誇り高く露呈する。
句集『抱花』の命名は、『風姿花伝』の条々に由来するのではあろうが、私は「風流への憧れを以て枯の花を咲かせんと希う」と言うのが著者の意であるに違いないと推察している。

俳句という大衆文芸を風流の道へと昇華させるというような大仰な事ではないが、ここにこの一巻を以てその希いはいささかなりとも果たされたと思う者である。

また、ここより小浜正夢という俳句作家がどのような高みを目指してゆくかを待つための一休止符となる句集であると言うことも加筆しておきたい。

平成二十七年　丙戌月

向田貴子

句集　抱花／目次

題字　山本初子
装丁　杉本雄史

句集

抱花

ほうか

花月夜

金色の鴟尾のあたりの淑気かな

香煙を帽子に掬ひ初観音

美しき濡れの飛翔を初鳥

ひび割れも玄関の威や鏡餅

御神籤に女難あるとよ寒椿

初打ちや優勝にしてテンアンダー

点数を競ふカラオケ新年会

蠟梅や日溜りに立つ里程標

篁の日溜りにして四温かな

薔薇園に像の抱き合ひ冬暖か

喜寿なるもなほ用ありの厄払

春めくや坂のかかりにニコライ堂

涅槃西風今日も渡りて聖橋

人馴れの鳥寄り来る梅祭り

神南備の笙の音満ちて梅真白

白梅や琥珀の玻璃の明かり窓

紅梅や恋に恋して果たさざり

凍て返るガラスのビルの反射光

菜種梅雨パットの振りに遅速出て

白木蓮明かりとしたる煉瓦門

兎抱く少女の像の日永かな

春めくや角のガラスの喫茶店

バクと居て花食ふ黒きラマ一つ

橄欖の細木へ通ふ木の芽風

沢水を容れてケルネル春田かな

深呼吸してティーショット山笑ふ

満開の花を被りてティーショット

カンツォーネの後晩餐の桜鯛

天穹の藍際立たす八重桜

聖母とも乳を飲ませる花の下

花房の触れんばかりに義士の墓

さらさらと花びら送る小川かな

飛花落花奔りて小径創りゆく
儚さを吾らが文化花月夜

師より降る言の葉数多山笑ふ

人の字に相枝垂れあふ雪柳

花みもざ角の日陰の子規の句碑

石階段掃き清めたり蓮如の忌

白魚の透けて一つの命かな

楮むす香満ちて溢れて里うらら

白寿願ひて縛る地蔵や四月馬鹿

真青なる空へ萱の木芽吹かな

原木の根の隆々と木の芽雨

菜の花や廃線線路鈍く延び

焼き物の蝦蟇据ゑられて春の山

春惜しむ江戸を伝へる時の鐘

桔梗門くぐれば風の薫るなり
青嵐葉は打ち合うてワッサワッサ

音の無き水琴窟や若葉寒

若葉雨波紋囲ひの朽木舟

石楠花の天衣無縫の開きやう

平成の石楠花赤き是清邸

夏めきて体操室に人の増え

都庁ビルそつくり返つてみる薄暑

名の通り泉ありけり聴きにけり

苔咲いて立ち観音に百の尺

老鶯や中に微笑む羅漢像

大多喜の雨の城址や燕子花

城跡を土塁のめぐる濃紫陽花

酒を注ぐ像の羅漢も梅雨に入る

紫陽花の青増して聞くモーツァルト

紫陽花や館にシリアの涙壺

鮮やかに紫陽花ばさりと切られけり

十字墓を抱かんばかりの合歓の花

緑蔭や明治を讃ふ草田男碑

南風や武甲の山の肩傾ぎ

緑蔭にダニーボーイの弾き語り
自づから緑蔭統べる尊徳像

金環食に鳥啼き止む朝曇り

みづき咲く田園調布駅閑か

炎昼や庭の梢の微動なし

武蔵野を低く渡れり梅雨の蝶

雷雲の迫れる送別ゴルフかな

多摩川にかかる駅舎や風涼し

水玉の白パラソルに神鼓なる
醍醐味は鳳梨の上のチーズかな

魂は不死なるものぞらつきよ剝く
雷鳴に夢魔を去らせて目覚めけり

早苗田に降り立つ海の白き鳥

雨の夜を光る金魚の妖しかり

林泉の緋鯉悲しく寄る土橋

大鳴きの後を骸の油蟬

木下闇打ち明け話聞く所

銅鑼ジャランと逝く先達の溽暑の儀

百合に埋むむくろの友でありにける
俗世を生きる証の暑中見舞ひ

声も無く蟬骸幹に累々と

肩抱いて別るは習ひ夏帽子

干し竿に青き蟷螂飛ぶ構へ

漸くに声の整ふ法師蟬

発展の基礎は人垣獺祭忌

城跡の古径の急や白桔梗

爽やかや森の奥なる天主堂

桔梗咲くくらやみ坂の武家屋敷

体操の反り身になれば秋の雲

腕立ての顔を上げれば秋の風

碧眼の少女のゐては小鳥来る

捨扇ながら希望の文字のあり

朝顔の二十その色皆紫紺

乳飲み子の泣き声高し星月夜

古希割といふ乗車パス秋日和

色鳥や時は金ではなからうに

佛殿に白龍睨み露けしや
望楼に聞く松の籟秋高し

レノンの席に飲む珈琲と林檎パイ
楽観は意思に属すやきりぎりす

カラオケに唄ふシャンソン十三夜

萩の風日蓮像へ吹き抜けり

榧の実や威風堂々堀田邸

満月の遍し多摩の古墳群

冷まじや最高裁へ石畳

露寒し角に待たれて大鴉

冬晴れや卍かかげて浅草寺

着膨れて日の差す方へよろめくか

外燈の瞬きにふと咳こぼす

海鼠腸食ふ海の悲しみ癒すごと

山茶花を挿してコップはバカラとや
時雨忌や辞書一携の友来たる

にくさげな鳥淋しき冬の朝

侘助や鈴ヶ森への泪橋

寒果てや日の映えてゐる神田川

水なきに残堀川や冬すすき

鳥赤くなりたしらしや実千両
等伯の虎観るための懐手

知己にして女連れなる師走来る

ひんむけば人みな髑髏木乃伊冴ゆ

短日のワンラウンドが百を切り

時雨るるや閑かに立てる大欅

霊前の百合ぽんと開く寒夜かな

一輪と言ふが貴き寒椿

霜柱波郷の墓に名刺出し

冬冷まじピアス付けない耳朶の穴

咳二つ止みて始まる演奏会

何せぬに便座蓋開く寒夜かな

冬萌や何ぞ声する芭蕉堂

冬ざれて用意の縄のとぐろ巻く

冬ざれの天を鳥の滑翔す

交際の秘訣は至誠漱石忌

極月や底抜くるかの空の蒼

ラグビーの激闘止める笛一声

雀荘は梁山泊よクリスマス

冬麗の空等分に飛行機雲

用もなく出向くデパート年の暮
縁てふ生くる証の賀状書く

賀状書くいつまで続くこの縁

数珠玉

初富士や仰ぎ拝すに威儀正し

漣に河津桜の盛りかな

春星や大室山の暮れ泥み

ぎしぎしと房の重なる花の昼

湧き水の恵みの湾の桜海老

紫陽花や砂噴上げて柿田川

富士登る灯の点々と明易し

日の籠る白紫陽花の雨雫

四ひら咲く燈台までを石畳

田に張るも富士の霊水夏燕

船虫の疾く疾く駆くる稚児ヶ淵

黒南風を巨船往き交ふ浦賀かな

梅雨寒や乳首も白き白弁天

秋霖や神代杉の沈淪す

芦ノ湖の枇杷形統べる秋の風

純白の像のアポロの秋暑かな

雪折れの間近に聞こゆ旅の宿

初浅間白き山肌蠢動す

羽蟻湧く浅間高原雲も湧き

単衣着て風にまとはる旅の宿

ガラシャてふその名こそ惜し桔梗濃し

萩の風一茶ゆかりの庵一つ

遥拝の木曾御嶽や星月夜

かなかなや牛の牢てふ淵昏し

蜻蛉や真田の城に名の櫓

野辺送り鶏頭赤き赤き列

北辰の満天統べる山の秋

旅の灯を消せば明日ある天の川

降り止むやどこに出るやら雪女郎

花びらの吹き上がりたる円覚寺

亀鳴くや庭より見えて極楽寺

花水木真白憧れの原節子

誰も居ぬ方丈辺り昼の虫

沙羅双樹名ほどもあらず風白し

数珠玉や駅を降りれば円覚寺

方丈の丸窓にして風の色

蹟けば笑ひをるやの秋あざみ

菊の香や光堂への登り口

秋冥菊に北の哀史や中尊寺

秋色の柳の御所の夕の照り

田の縁に吹かれて遊行柳かな

おぼろなる出羽の富士てふ鳥海山

のうのうと春を下れる最上川
城跡の怨み鎮めの佛の座

男一匹露天の寝湯や春の闇

白河の関の山風鯉幟

葉桜の重なり枝垂る角館

跨ぎゐる陸奥と下野青嵐

源流の田にも注ぎて田植笠

おきな追ふ旅や軒端の栗の花

二世紀を経たる牡丹の揺れ妖し

山蟹の慕ひて攀ぢる芭蕉句碑

老鶯と水の音のみ陣の跡

石佛の眉の険しき紅の花

畷道ちきちきちばつたの跳ね越して

竿燈を額に受けたるしたり顔

一山を薄紫に秋暮るる

樵森の深き青池秋の色

冬ざれや北の佛は顔険し

職退いて翁追ひゆく枯野道

さいかちの実が風に鳴る遠野かな

遠野行旅情濃くしてにごり酒

稲架の影濃しや河童の小烏瀬川

豊穣の稲田の中の水車小屋

曲がり家の馬屋の白馬のさやけしや

籾焼きや早池峰山は濃むらさき

語り部をかこむ囲炉裏や濁り酒
秋の夜のどんとはれなるおしらさま

滴るや佐渡金山に悲話数多

夫婦楠に二礼二拍手音涼し

黒木御所の北の隅なる曼珠沙華
稔り田を渡る国中平野の風

露天湯に仰ぐ銀河や佐渡に更け

祖師堂の石階高し秋の蝶

十本の指でくしゃくしゃおけさ柿

悲話の佐渡葡萄垂るごと伝ふべし

人の世の朧を断てる大津波

松蟬や海嘯残す松一本

悲しみを担ふ地蔵や薄暑光

片蔭や津波を語る人のため

仰ぎ見る一本松や沖涼し

鎮魂の歌は「ふるさと」浜の夏

無辺なるは津波跡地や梅雨の蝶

悔恨は絶つべし沖の雲の峰

冷まじや燃料プールの水の蒼

マスクして残留セシウム避けらるか

珊瑚のかけら

初時雨三年坂の石畳

鳥帰る真珠筏のその上を

長浜に旅を納めて花筏

梅雨晴れや真珠筏の連なれり

枇杷山に遠き汽笛の届きをり

明窓に秋を見せたる曼殊院

金色の阿弥陀まします秋時雨
竜胆の紫深き滋賀の原

浮き浮きと紅葉落ち葉の手水鉢

「菊乃井」へ大行列や年の暮

雪吊の春をたわみて一つ松

白加賀てふ梅の香ことに時雨亭

伊良湖崎の野いちご摘めば口に酸し

黒潮の運び来しものの浜昼顔

風の盆枕に届く山の風

踊るため生まれし者に山の風

雁渡し有馬は燈火とぼしくて
金泉を銀泉を浴び旅夜長

見えぬ鷹渡らせゐたる伊良湖崎
対岸に巨岩の弥勒柳絮飛ぶ

散り残る枝垂れ桜を大野寺
開帳の佛は黒き憤怒見せ

さくらさくらと奥千本へ細き道
奥千本いにしへ人へ花吹雪く

西行の庵に座しては花を聴く
来て見れば上千本も葉の桜

おきな碑に今も通ひて苔清水

大峯の登山碑あまた新樹光

緑山中牛馬童子の笑む形

山々に立ち上がり雲滝となる

大蛇行して夏霧の熊野川

蟬時雨ここに補陀落渡海の船

那智山の影著くして滝轟く
ありがたや滝の飛沫を身に受けて

高楼へ佛恩の風涼しかり
空海の域の遍照紅葉かな

振り向けば冬の虹立つ高野山

山門に夕日差しくる冬紅葉

原爆忌日本の神は戦はず
流燈の早も瀬にのる太田川

鎮魂の雨の来たりぬ原爆忌

春夕べ鐘来し方に由布の岳

石佛の線のやはらか燕来る

田にも引く阿蘇の名水夕蛙

楠若葉幹を抱けば神鼓鳴る

剝落の臼杵石佛風薫る

恋ボート浮くを赦して神の峡

団子汁の田舎定食麦の秋

富貴寺の縁に座れば楷の涼

欠けも無き月の涼しき別府湾

強東風に乗りて石垣島に着く
竹富島に落ち武者の塔春を待つ

通し燕浦を渡れる鐘の声

だれぞゐるか春を待ちたる小浜島

シーサーの屋根の彼方の春の星

南風啼いて珊瑚のかけら波洗ひ

尖閣へ白き船出る潮の春

海亀の涙は海に洗はれむ

眼を閉ぢて琉球むくげを献花せり

秋晴れや史伝悲しき首里の城

首里城の哀史いくつや秋の暮

大銀河

風車連ねドイツは春の風の国

マイセンの白磁の鐘声夏夕べ

ザビエル像に大西日してカレル橋

からくりの時計の髑髏真夜涼し

朝凪の海峡向かうはウシュクダラ
明易やギリシャの夢の続かざり

仙人掌の花アリゾナの青き空
故国遥か梅干の香のつんつんと

レバノンの天空渡す大銀河

西瓜食むここ埃及《エジプト》の王家の谷

春塵や夕の影立つピラミッド

春夕焼けモーゼの山は岩連ね

かぎろひて悠久なるはスフィンクス

風光る死海対岸塔二つ

キラ星涼し多士済々のカイロ会

父の日はシンドバッドを物語り

短夜の夢中東の迷路出づ

ちちろなど鳴かせカイロを去りがたし

世界史の潮目見てゐる去年今年

秋天や機窓に見えて丸き富士

行く春の香港島へ渡し船

無蓋バスの二階の九人万愚節

瀬戸口に向かふ島影朧かな

霞み濃しイラワジ河の夫婦舟

花の風乱れぬ托鉢僧の列

眼を閉ぢてバガンの寝釈迦に凭れゐる

巨いなる佛塔の奥春の闇

惜春のパゴダ広場の鐘の声

金色のパゴダ群落春の月

青楓青年僧の盆の窪

古里

春めきて飯盛山の峠道

古里の吾が青山の木の芽風

涅槃西風句の無き句碑を建てにけり

古里に覚めれば蟬の声忙し

葡萄熟れて河内音頭の遠音かな

ふるさとに墓所の定まる鰯雲

「まーちゃん」の声に振り向く忘年会

古里の訛りに溺れ年忘れ

優しさの極みは母ぞ雛祭

母に挿すカーネーションをチェコグラス

子らに母吾に母なしカーネーション

冷奴年古るほどに母恋し

日傘して野を来る母や宵寝覚め

吾を呼ぶ母の声とも夜の風鈴

里芋を遺影の母へ煮て供へ

年玉に訓示添へたる吾れ家長

子と孫へ則を説くのも松の内

長兄に続き若水供へけり

古里

大試験絵馬鈴なりの孔子廟

「ぢぢ見てよ見てよ」と少女の合格証

光向子てふ少女高校合格す
卒業の少女はすでに粧ひて

桜咲くお礼参りは孔子廟
レース着て笑ふ少女の誕生日

白玉や少女の涙留まらず

吾の右子のリベラルやサングラス

長兄の貫禄増しぬ盂蘭盆会

びびと揺れご先祖が来る切燈籠

白菊や子が嚙んでゐる棺の端

運動会うちの選手が宣誓す

神の旅子らに仕切らる金婚式

冬薔薇金婚式の先はなに

勇退日妻より受くるリラの花

職引けば物悲しさの昭和の日

春の夢覚めて見直す妻の顔

露けしや妻へ指しやる錨星

拍手を妻に合はする初詣

あとがき

　このたび、はじめての句集『抱花』を刊行することになりました。全くの初心者として向田貴子先生のご指導の下、俳句を始めてからそれほど時が過ぎておらず未熟者であることも省みず刊行するに至ったのも、敬愛する貴子先生のお勧めに従ったからです。とにかく生きているうちが花であり、一寸先が闇で明日をも知れぬこの世であり、先生は冷徹にそのことを見抜いておられ、喜寿を過ぎた私がまだ頭の冴えている状況下での刊行がベストと判断して頂いたからだと、心より有り難く思っております。自身としても千五百を越えるばらばらに散らばった句が、この辺で纏まってすっきりとし、更に次に進む方向が少し見えて来る様な気がして、上梓を本当に嬉しく思っています。

句誌「歴路」の巻頭エッセイや砂時計でも書く機会を頂きましたが、私はこれまで仕事で海外生活が長く、実は精神の最も充実した時期に日本の良いものをじっくりと見るということがそれほど多くなかったのです。俳句のお陰で色々な所に行くことが出来、より深く日本の歴史や景観、神社仏閣や文物に接することが出来てその素晴らしさに改めて本当に俳句を始めて良かった、日本人で良かったと、日本に生まれた幸運をしみじみと噛みしめています。これも全てにわたり造詣の深い先生に、熱心にご指導頂いたお陰だと深く感謝しております。

題名の「抱花」は、俳句そのものや、素敵な師や句友、妻や家族を花に譬え、それらを抱きしめている状態を表わしています。古希で引退した時に素晴らしい開放感を味わえた上に、喜寿で句集を刊行できて本当に私のような幸せ者はいないと心底思っており、この題名は先生にもご同意頂いたものです。

次男でもあり自分の墓がいずれ必要なので、一昨年の春に元気なうちにと、古里に墓を建立しました。四十年前にベイルートに行く前に買っておいた墓地がやや広かったので、四国で自然石を探してきて空いた所に句の無い句碑を建てました。ゴルフ、麻雀、カラオケに加えて各種の会合、色々な同窓会など俗界の絆が切れないどころか楽しむ風のある、気の多い自分を、これからもふらふらしないように縛っておきたかったのです。これに刻む一句を目指してこれからも自分なりの精進を積んでいこうと思っております。

俳句とは「高貴な魂の置き所」「継続は力なり」と教えて頂いており、俗塵にまみれた自分を少しでも浄化でき、より清浄な精神の持ち主に昇華できるよう、何とか人生の最後まで俳句を続けたいものと思っております。先生には大きな目で見守って頂き、更なるご指導を頂けます様に願っております。

最後に『抱花』が世に出るあたり、お世話になりました向田先生や句友の皆様、良き理解者の妻や家族、「文學の森」の皆様に心から感謝申し上げます。有難うございました。

平成二十七年十月吉日

小浜正夢

著者略歴

小浜正夢（こはま・しょうむ）本名　正幸（まさゆき）

1938年　大阪府生まれ
1962年　大阪大学（法学部）卒、㈱日立製作所に入社
1968年　ニューヨーク駐在
1973年　レバノン事務所長
1976年　東京本社輸出火力部部長代理
1983年　エジプト事務所長
1985年　ロサンゼルス事務所長
1992年　東京本社海外事業推進本部次長兼渉外部長
1995年　国際事業本部次長
1997年　日立GEライティング取締役社長補佐
1999年　グローバルエムケー社社長（国際コンサルタント）
2007年　トライウォール社常勤監査役
現　在　㈱日立製作所社友、㈳日米協会評議員、
㈶日本国際問題研究所会員

表彰など
1978年　ジョージア州名誉中佐
1991年　日本国外務大臣表彰
1992年　ロサンゼルス市名誉市民
1996年　ダラス市名誉市民

俳歴
2008年　NHK文化センター青山「向田貴子教室」に入り俳句を始める
2009年　「歴路」入会

著書
『「よき企業市民」へ発進』（プレジデント社）
『海外ビジネスマンうまく行く９のヒント』（毎日新聞社）
『ブッシュはこう動く』（毎日新聞社）
『変わるブッシュ、変わらぬブッシュ』（NHK出版）
ほか雑誌評論など多数

現住所　〒154-0012　東京都世田谷区駒沢3-10-1-107

句集

抱《ほう》花《か》

発　行　平成二十七年十一月二十五日
著　者　小浜正夢
発行者　大山基利
発行所　株式会社　文學の森
〒一六九-〇〇七五
東京都新宿区高田馬場二-一-二　田島ビル八階
tel 03-5292-9188　fax 03-5292-9199
e-mail　mori@bungak.com
ホームページ　http://www.bungak.com
印刷・製本　竹田　登

ISBN978-4-86438-487-2　C0092